LA

CRAMPE DES ÉCRIVAINS

COMÉDIE EN UN ACTE

Représentée pour la première fois sur le Théâtre Municipal d'Alger, le 17 mars 1892.

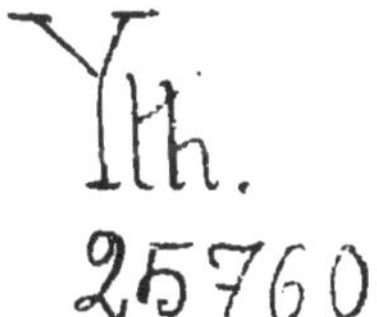

CALMANN LÉVY, ÉDITEUR

DU MÊME AUTEUR

Format grand in-18

HARMONIE et MÉLODIE. . . . . 1 vol.

RIMES FAMILIÈRES. . . . . 1 —

IMPRIMERIE CHAIX, RUE BERGÈRE, 20, PARIS. — 8358-4-92

LA CRAMPE
DES ÉCRIVAINS

COMÉDIE EN UN ACTE

PAR

CAMILLE SAINT-SAENS

PARIS
CALMANN LÉVY, ÉDITEUR
ANCIENNE MAISON MICHEL LÉVY FRÈRES
3, RUE AUBER, 3

—

1892

PERSONNAGES

LA BARONNE	Mmes PERRIN-THEULER.
ZÉNOBIA.	SARLOVÈZE.
FANNY.	FÉRÉNOUX.
GONTRAN	M. COULANGER.

La scène est à Paris, chez la Baronne.

LA CRAMPE DES ÉCRIVAINS

SCÈNE PREMIÈRE

Un salon. Nombreux meubles et bibelots. Grandes plantes vertes. Au lever du rideau, la baronne termine une aquarelle.

LA BARONNE, avec un soupir de satisfaction.

Ah! voilà mon aquarelle finie. (Elle dépose ses pinceaux. Entre Fanny. Se levant.) Rangez tout cela. Tantôt, vous porterez cette aquarelle chez la princesse; vous en aurez grand soin.

FANNY, admirant l'aquarelle.

Madame n'a encore rien fait d'aussi joli.

Elle sort, emportant l'aquarelle et la boîte à couleurs.

LA BARONNE.

Je crois que j'ai réussi; ma petite pochade ne déparera pas trop la vente de charité de cette bonne princesse. Ah! les ventes de charité, les bals, les *five o'clock*, tout cela est charmant; mais... depuis deux ans que je suis séparée du baron... (Elle s'assied et prend un ouvrage de tapisserie.) Mes bonnes amies ignorent que j'ai été épousée sans fortune, pour ma beauté et mes talents, et qu'avec les ressources de mon veuvage volontaire, il m'est impossible de vivre comme elles... la note grossit chez le couturier, chez la modiste... je ne sais comment sortir de là... il n'y aurait qu'un moyen... honnête... me raccommoder avec mon mari. (Elle se lève.) Convenir de mes torts? jamais! est-ce que j'en avais, des torts? est-ce que je pouvais en avoir? c'est lui qui les avait tous!... Je ne sais plus quoi, par exemple... s'il fallait dire pourquoi nous nous sommes brouillés, je serais bien embarrassée ; je ne suis sûre que d'une chose : j'avais raison, dix fois, cent fois raison ! (Fanny rentre et passe.) Ah ! Fanny !

FANNY, s'arrêtant.

Madame !

LA BARONNE, s'asseyant et reprenant sa tapisserie.

Approchez. J'ai à vous parler.

FANNY.

Que désire madame ?

LA BARONNE.

Y a-t-il longtemps que vous avez rencontré Justin ?

FANNY.

Le valet de chambre de M. le baron ?

LA BARONNE.

Oui.

FANNY.

Je l'ai rencontré il y a quelques jours.

LA BARONNE.

Vous ne lui avez pas donné ma nouvelle adresse ?

FANNY.

Madame me l'avait défendu.

LA BARONNE.

Ce n'est pas toujours une raison.

FANNY.

Oh ! comment madame peut-elle supposer ?

LA BARONNE.

Il a dû vous la demander.

FANNY, *vivement.*

Il ignore que madame la baronne ait changé d'appartement. Depuis longtemps il ne venait plus me faire de visites ; je n'en étais pas fâchée, bien au contraire... (*Changeant de ton.*) Je craignais que cela déplût à madame...

On sonne. Fanny sort.

LA BARONNE.

Cette Fanny m'a trop bien obéi ; je l'aurais cru plus intelligente. (*Elle dépose sa tapisserie et se lève.*) Quelque visite, sans doute.

Rentre Fanny tenant une dépêche à la main.

FANNY.

Une dépêche pour madame la baronne.

Fanny remet la dépêche à la baronne et sort.

LA BARONNE, *lisant la dépêche.*

Ah ! c'est de la belle Zénobia. Elle me supplie de la recevoir à une heure (*Regardant sa montre.*) et il est une heure moins cinq. Sans cette aquarelle qui m'a retenue, j'aurais été sortie. Quelle folle que cette Zénobia ! mais aussi quel talent ! poésie, prose, peinture, sculpture, tout lui réussit. Depuis cette soirée espagnole où elle m'a été présentée, j'en suis folle, je dévore ses œuvres, sa conversation m'éblouit... je ne la comprends pas toujours, mais j'ai l'air de la comprendre, c'est la même chose... elle est un peu extravagante : c'est bien pardonnable... (*On sonne.*) La voici. Que peut-elle avoir de si urgent à me dire ? Quelle idée a surgi dans sa cervelle fêlée ?

SCÈNE II

LA BARONNE, ZÉNOBIA.

ZÉNOBIA.

Ah ! ma chère Juliette, que vous êtes bonne de m'avoir attendue. Figurez-vous...

LA BARONNE, riant.

C'est bien par hasard que je suis chez moi ; ne me remerciez pas. Il n'y a pas cinq minutes que j'ai reçu votre dépêche.

ZÉNOBIA.

Ce n'est pas possible !... enfin, peu importe... je vous trouve, c'est l'essentiel. J'ai un grand service à vous demander. Promettez-moi de ne pas me refuser.

LA BARONNE.

Vous savez bien que je ne le pourrais pas.

ZÉNOBIA.

C'est que... ce que j'ai à vous demander vous paraîtra peut-être un peu étrange...

LA BARONNE.

Parlez vite, vous me mettez au supplice.

ZÉNOBIA.

Asseyons-nous, voulez-vous ? je serai moins angoissée.

LA BARONNE.

Voulez-vous du madère ? un doigt, avec un biscuit anglais.

ZÉNOBIA.

Non, pas aujourd'hui. Je n'ai pas le temps. Écoutez-moi. Je n'ai pas encore, vous le savez, écrit pour le théâtre.

LA BARONNE.

Je me suis déjà demandé pourquoi.

ZÉNOBIA.

Ah ! ma chère, le théâtre ! c'est l'abîme, et c'est l'attraction de l'abîme. L'art, c'est une passion ; le théâtre, c'est un vice, on le craint et on le désire, il épouvante et fascine ; j'ai résisté, j'ai lutté, c'est plus fort que moi ; dussé-je être sifflée, il me faut le théâtre et j'y arriverai. J'ai tout un drame dans la tête : ce sera persan, indien, birman, je ne sais pas encore quoi, mais ce sera éblouissant et sublime !

LA BARONNE.

Je n'en doute pas.

ZÉNOBIA.

Je vois un palais immense, au milieu d'un lac ; un roi, assis sur un trône de diamants ; des éléphants, des guerriers portant des boucliers d'or... naturellement, il y a une grande scène d'amour... et je ne sais comment la faire.

LA BARONNE.

Ce n'est pas possible ; dans vos romans...

ZÉNOBIA.

Oui, chère, dans mes romans, j'ai écrit des scènes d'amour...

LA BARONNE.

Si passionnées, si passionnantes... je ne me lasse pas de les relire...

ZÉNOBIA.

Vous êtes gentille. (Elle l'embrasse.) Mais, dans les romans, c'est de l'analyse, de la psychologie ; au théâtre, c'est autre chose, il faut la vie elle-même, l'amour vécu... et quand on n'a pas de ressources dans ses souvenirs...

Elle baisse les yeux.

LA BARONNE, détournant les siens.

Pauvre innocente !

ZÉNOBIA.

Beaucoup plus, ou autrement que vous ne le pensez. L'art, la littérature, la magie, l'impressionnisme, le symbolisme, voilà ce qui m'occupe, mais l'amour m'est bien indifférent!... alors... c'est maintenant que ça devient embarrassant...

LA BARONNE.

Je ne devine pas du tout.

ZÉNOBIA.

Eh bien, chez une femme peintre de mes amies, j'ai rencontré un jeune homme charmant, du meilleur monde...

LA BARONNE.

Un beau nom ?

ZÉNOBIA.

Je n'en sais rien.

LA BARONNE.

Comment ! votre amie ne vous l'a pas présenté ?

ZÉNOBIA.

Elle s'en serait bien gardée. Ce jeune homme m'a parlé de mes œuvres, il m'a comparée à George Sand, à madame de Staël, il est ébloui de mes talents ; il m'a demandé à venir me voir, je n'ai pas dit non, et comme ma modeste habitation manque de prestige...

LA BARONNE.

Eh bien ?

ZÉNOBIA.

Je lui ai donné votre adresse. Il sera ici dans une demiheure.

LA BARONNE, se levant.

Ah ! par exemple, ma chère, je retire ma promesse ; malgré toute mon admiration pour vous, mon amitié même, je ne puis me prêter à des choses pareilles. Je vais dire qu'on défende ma porte.

ZÉNOBIA, la rattrapant.

Mais calmez-vous donc ! vous ne m'avez pas comprise. Ce jeune homme croit venir chez moi. Je lui ai dit de ne pas parler au portier, de monter directement au second étage. J'ai amené ma femme de chambre qui l'introduira. Vous donnez congé à Fanny, vous allez faire deux ou trois visites...

LA BARONNE.

Je vous répète que c'est impossible.

ZÉNOBIA, amèrement.

Ah ! je vous avais mal jugée !... Vous n'entendez rien à la littérature, à l'art... (Avec mépris.) Vous n'êtes pas moderne !

LA BARONNE, scandalisée.

Pas moderne !

ZÉNOBIA.

Non, autrement vous me comprendriez tout de suite. Mais songez donc qu'il ne s'agit pas d'un rendez-vous d'amour ; me croyez-vous capable d'une telle inconvenance ? C'est un rendez-vous littéraire, purement littéraire. (La câlinant.) Voyons, voulez-vous que par votre faute mon drame soit manqué ? ne seriez-vous pas fière d'avoir contribué à mon succès ?...

LA BARONNE, fléchissant.

Sans doute... mais...

ZÉNOBIA.

Vous aurez une belle loge pour la première représentation... Je vous ferai voir la répétition générale...

LA BARONNE.

Allons, je vois bien qu'il n'y a pas moyen de vous résister. Je pars.

ZÉÑOBIA, lui prenant les mains.

Comme vous êtes bonne! comme je vous aime!

Elle se débarrasse de son chapeau.

LA BARONNE, à part.

Je pars, mais je reviendrai.

ZÉNOBIA, poussant un c.i.

Ah! ma phrase! je la tiens enfin!

LA BARONNE.

Quoi donc?

ZÉNOBIA.

C'est pour mon nouveau roman. Oh! le martyre de la période, la torture du style!... vous ne connaissez pas cela, vous!... Vite, du papier, de l'encre, une plume...

LA BARONNE.

Là! le buvard, sur cette table.

ZÉNOBIA, s'asseyant et essayant d'écrire.

Autre chose maintenant. Je ne peux pas.

LA BARONNE.

Qu'avez-vous?

ZÉNOBIA.

La crampe, l'affreuse crampe des écrivains. Mon Dieu! que je souffre... et ma phrase que j'oublierai, qui sera perdue...

LA BARONNE.

Voulez-vous de moi pour secrétaire?

ZÉNOBIA.

Vous auriez cette complaisance?

LA BARONNE.

Dites cet honneur! collaborer, pour si peu que ce soit, à un de vos chefs-d'œuvre...

Elle s'assied et écrit sous la dictée.

ZÉNOBIA, *dictant en déclamant.*

« J'ai été folle, imprudente, mais je vous ai toujours aimé, pauvre cher! Vous m'avez oubliée, je ne me plains pas, je meurs. Oui, je vais mourir, parce que je le veux, parce que la vie ne m'est plus possible sans toi. »

LA BARONNE.

Attendez, vous allez trop vite. « parce que la vie... »

ZÉNOBIA.

« ne m'est plus possible sans toi. » Un point.

LA BARONNE.

« ...sans toi. »

ZÉNOBIA.

« Quand tu recevras cette lettre, je ne serai plus qu'une ombre, l'ombre du bonheur que nous aurions pu connaître, et que nous avons, par notre faute, perdu à jamais.

LA BARONNE, *se levant.*

Quel sentiment! quel génie!

ZÉNOBIA, *lui prenant le papier et le mettant dans sa robe.*

Merci mille fois, chère belle. Maintenant, partez, partez vite...

LA BARONNE.

Ah! j'ai tort de vous céder... Si mon mari apprenait cela... Vous ne savez pas, je vais peut-être me raccommoder avec lui.

ZÉNOBIA.

Vous voulez rire!

LA BARONNE.

Non. J'ai réfléchi. Un mari est encore le meilleur gardien de la liberté d'une femme.

ZÉNOBIA.

Rien de grave entre vous, alors?

LA BARONNE.

Mon Dieu! non. Incompatibilité d'humeur. Mon mari ne s'intéressait pas au mouvement artistique, il n'aimait que l'opérette, les journaux boulevardiers... nous parlerons de cela une autre fois. Je vous laisse seule, puisque vous le voulez.

Elle sort.

SCÈNE III

ZÉNOBIA, *seule. Elle examine attentivement le salon.*

Joli mobilier... mal arrangé... pas du tout fin de siècle... c'est d'un bourgeois... aucun sentiment de l'imprévu, du modernisme... il faut arranger cela. (*Elle met tout en désordre dans le salon, cherchant l'étrange et le paradoxal dans la disposition des meubles et des bibelots.*) Ah! relisons ma phrase... (*Elle tire le papier de sa robe et lit.*) C'est bien... c'est très bien... trop simple; trop facile à comprendre... (*Elle remet le papier dans sa poche et va vers la fenêtre.*) J'y retoucherai à loisir, j'y fourrerai des inversions, des adjectifs inattendus... (*Elle ferme à demi les rideaux et s'étend sur une chaise longue. On sonne.*) C'est lui; il est exact.

SCÈNE IV

ZÉNOBIA, GONTRAN.

Gontran entre et s'arrête sur le seuil, troublé par l'obscurité.

ZÉNOBIA, d'un ton caressant.

Entrez !

GONTRAN, entrant en trébuchant dans les meubles.

Pardonnez-moi, quand on vient du dehors... cette obscurité...

ZÉNOBIA, langissamment.

Ah ! pauvre cher ! je n'y songeais pas... j'ai fait tout fermer... j'ai une migraine... j'ai tant travaillé ce matin...

GONTRAN, embarrassé.

Je crains de vous gêner en ce moment ; je reviendrai un autre jour.

ZÉNOBIA, tendrement.

Non, restez ! votre présence me fait du bien. Écartez un peu ces rideaux... pas trop... là, comme cela... venez près de moi...

GONTRAN, s'asseyant sur un tabouret près de Zénobia.

Merci de me retenir, merci de m'avoir permis de venir vous voir... je me suis promis tant de bonheur de ce délicieux tête-à-tête... vous avez un charme inquiétant, vous n'êtes pas une femme comme les autres femmes... laissez-moi regarder vos yeux, ces yeux d'une couleur sans nom... comme vous êtes belle !

ZÉNOBIA.

N'est-ce pas? Oh! je le sais, que je suis belle! Les puissances occultes me l'ont dit. Mais se l'entendre dire par vous, quelle ivresse!

GONTRAN, à part.

Singulier langage!

ZÉNOBIA, avec passion.

Oh! redites-le moi, que je suis belle! il me semble qu'on ne me l'avait pas encore dit. (D'un ton concentré.) Je suis belle d'une beauté étrange, n'est-il pas vrai! d'une beauté fatale, qui fait songer à la mort.

GONTRAN, gaiement.

Mais non! au contraire!

ZÉNOBIA, se levant brusquement.

Ah! vous ne m'aimez pas! quand on aime, on veut mourir!

GONTRAN, à part.

Que dit-elle?

ZÉNOBIA, d'un ton tragique.

Mais qu'entends-je au loin?... j'ai peur...

Elle passe.

GONTRAN, à part.

Étrange femme. (A Zénobia.) Calmez-vous!

ZÉNOBIA, avec terreur.

Mais je vous dis que j'ai peur... j'ai peur, ne me comprenez-vous pas?...

GONTRAN, à part.

Du diable si j'y comprends un mot. (A Zénobia.) Madame, vous êtes souffrante, agitée. Reposez-vous, de grâce; je n'ai pas l'intention de vous effrayer en quoi que ce soit. (Il la fait asseoir et s'assied près d'elle.) Voyons, voulez-vous me permettre de vous dire que je vous aime, quoique vous paraissiez en douter? Puis-je espérer que vous m'aimerez jamais?

ZÉNOBIA, *sur un ton de profonde rêverie.*

Si les grands héliotropes y consentent!...

GONTRAN, *se levant.*

Elle est folle. (*A Zénobia froidement.*) Madame, excusez-moi si je vous quitte. Je vois que vous avez besoin de calme, de solitude... je ne veux pas vous déranger plus longtemps.

ZÉNOBIA, *à part.*

Comment, il s'en va!... (*Se levant vivement et s'accrochant à Gontran.*) Ah! cruel, tu veux partir!... tu ne sais donc pas quels pièges t'environnent... tu ne crains donc pas la fureur de mon royal époux, qui rêve de sang sur son trône de diamants?... tu ne crains pas la lance des guerriers qui entourent ce palais, veillant jour et nuit avec des boucliers d'or? Ah! j'entends le cri des éléphants sacrés, on nous a découverts, nous sommes perdus!...

GONTRAN, *à part.*

Elle me fait peur, fuyons!...

ZÉNOBIA, *lui passant les bras autour du cou.*

Ne pars pas, je t'aime!

SCÈNE V

LES PRÉCÉDENTS, LA BARONNE.

LA BARONNE.

Vous ici, monsieur!

GONTRAN.

Ma femme !

ZÉNOBIA.

Son mari !

GONTRAN.

Quel guêpier !

LA BARONNE.

Voilà donc, monsieur, pendant que je vis dans la retraite et les larmes, comment vous passez votre temps ! (*A Zénobia, en passant près d'elle.*) Ne cherchez pas à comprendre et secondez-moi.

GONTRAN.

Mais où suis-je donc ?

LA BARONNE.

Chez moi.

GONTRAN, *à part.*

Quel rôle m'a-t-on fait jouer ?

LA BARONNE, *fondant en larmes.*

Un tel outrage... moi qui croyais, qui espérai peut-être... Ah ! j'étouffe...

ZÉNOBIA, *à Gontran.*

Elle se trouve mal... Aidez-moi donc à la soutenir !

Zénobia et Gontran portent la baronne sur un canapé. Zénobia tire un flacon de sa poche et le fait respirer à la baronne évanouie.

GONTRAN, *à Zénobia.*

Ah ! madame... un pareil piège... c'est indigne !

ZÉNOBIA, *tout en soignant la baronne.*

Ne vous hâtez pas de me juger. Il faut que je vous explique ma conduite. Lisez.

Elle lui tend le papier qu'elle avait caché dans sa robe.

GONTRAN, ouvrant le papier et lisant.

L'écriture de Juliette... est-il possible!...

ZÉNOBIA, quittant la baronne toujours évanouie.

J'ai surpris votre femme écrivant cette lettre... Elle voulait mourir... J'ai essayé l'impossible pour la sauver... Ma conscience ne me reproche rien.

GONTRAN.

Et tout ce que vous m'avez dit l'autre soir, chez madame Lormel...

ZÉNOBIA.

J'y étais allée pour vous rencontrer.

Zénobia veut reprendre le papier, Gontran cherche à le garder, Zénobia le lui arrache et le remet dans sa poche.

LA BARONNE, poussant un profond soupir.

Ah!

GONTRAN, allant s'agenouiller devant la baronne.

Juliette! Pardonnez-moi. Je n'ai jamais aimé que vous...

ZÉNOBIA, à part.

L'impertinent!

GONTRAN.

Je suis un monstre... Vous êtes un ange... Depuis que je vous ai quittée, la vie n'a plus de charme pour moi... Voulez-vous redevenir ma femme chérie, ma compagne adorée?... Vous ne répondez pas... Je n'insisterai pas davantage pour le moment. Réfléchissez. J'espère dans l'avenir... et j'ai confiance.

Il se lève, salue Zénobia et sort.

SCÈNE VI

LA BARONNE, ZÉNOBIA.

ZÉNOBIA, *à la baronne qui se lève et vient à elle en riant.*

Quelle aventure ! Me donnerez-vous enfin le mot de l'énigme ?

LA BARONNE.

Il est bien simple. Je m'étais arrangée pour que mon mari perdît ma trace ; il ignorait mon adresse. Quant au reste, il faut me pardonner, la curiosité m'avait retenue; j'ai tout entendu, j'ai profité de la circonstance pour mettre mon mari dans son tort.

ZÉNOBIA.

Savez-vous que je suis furieuse ? Vous avez interrompu ma scène au moment où elle allait devenir intéressante ; d'ailleurs, elle ne marchait pas bien, ma scène ; j'avais l'air de madame Putiphar !

LA BARONNE.

C'est que vous aviez fait fausse route, ma chère ; Gontran est tout à fait terre-à-terre, les envolées vers l'idéal ne sont pas du tout son fait !

ZÉNOBIA.

Pourtant il m'avait parlé de mes vers, de mes romans...

LA BARONNE.

Pure politesse, tenez-vous pour assurée qu'il ne les a jamais lus. La femme lui plaisait en vous, non l'artiste ; plaignez-vous donc ! c'est moi qui suis à plaindre.

ZÉNOBIA.

Mais non. Il cherchait à se distraire, le pauvre garçon; mais ce n'était pas sérieux. Il n'aime que vous, c'est bien facile à voir; et je vous assure que j'en suis enchantée.

Les deux femmes s'embrassent.

LA BARONNE.

Comme je suis heureuse que vous ayez eu la crampe des écrivains.

ZÉNOBIA, riant.

Mais je ne l'ai jamais eue!

LA BARONNE.

Comment?

ZÉNOBIA.

Je m'occupe de graphologie; j'avais besoin de voir deux lignes de votre écriture.

LA BARONNE.

Et qu'y avez-vous découvert?

ZÉNOBIA.

Vous êtes trop curieuse. Adieu.

Elle va prendre son chapeau.

FANNY, entrant.

Une corbeille de fleurs pour madame avec une lettre.

LA BARONNE, prenant la lettre.

C'est de Gontran. (Elle lit.) « Voulez-vous me donner à dîner ce soir? Si oui, ne répondez pas. »

Pendant ce qui précède, Zénobia a remis son chapeau et s'est préparée à sortir.

FANNY.

On attend la réponse.

LA BARONNE.

Dites qu'il n'y en a pas.

Fanny sort.

ZÉNOBIA, à la baronne.

Vous ne me retenez pas, je suppose. C'est entendu, nous serons toujours bonnes amies?

LA BARONNE.

Oui. Seulement... vous ne vous fâcherez pas?

ZÉNOBIA.

Non.

LA BARONNE.

Eh bien, dorénavant, c'est moi qui irai vous voir.

ZÉNOBIA.

Vous grimperez mes quatre étages?

LA BARONNE.

J'aime mieux ça.

ZÉNOBIA.

Comme vous voudrez.

LA BARONNE.

A bientôt, chérie!

ZÉNOBIA, en sortant.

A bientôt!

FIN

PARIS. — IMPRIMERIE CHAIX, 20, RUE BERGÈRE. — 8338-4-92.

DERNIÈRES PIÈCES PARUES

	fr. c.
JULES BARBIER	
La Tempête, ballet en trois actes	1 »
HENRY BECQUE	
La Parisienne, comédie en trois actes	2 »
ERNEST BLUM et RAOUL TOCHÉ	
Le Parfum, comédie en trois actes	2 »
ALEXANDRE DUMAS Fils de l'Académie française	
Francillon, pièce en trois actes	2 »
ALEXANDRE DUMAS et PAUL MEURICE	
Hamlet, drame en cinq actes, en vers	2 »
OCTAVE FEUILLET de l'Académie française	
Chamillac, comédie en cinq actes	2 »
EDMOND GONDINET	
Un Parisien, comédie en trois actes	2 »
JULES LEMAITRE	
Révoltée, pièce en quatre actes	2 »
ÉMILE MOREAU	
Gerfaut, drame en quatre actes	2 »
CHARLES NARREY	
Pas de zèle, comédie en un acte	1 50
AUGUSTE VACQUERIE	
Souvent homme varie, pièce en deux actes en vers	2 »

Paris. — Imprimerie A. DELAFOY, 8, rue Auber.

www.ingramcontent.com/pod-product-compliance
Ingram Content Group UK Ltd.
Pitfield, Milton Keynes, MK11 3LW, UK
UKHW021152230726
13926UKWH00001B/70